Park yoo-ha's
poetry collection

신의 반지하

박유하 시집

the semi-
basement
of God-Pa
rk Yoo-ha'
s poetry
collection

끝과시작

신의 반지하

박유하

끝과시작

시인의 말

초등학교 사 학년,
우리는 집으로 가기 위해 지하로 들어가야 했다.
거대한 발들이 지나가는 창문을 보면서
아이스크림을 먹던 그 시절이 요즘따라 문득 그립다.
가끔 강아지나 고양이가 우리를 내려다보면
우리는 서로를 마주 보며 숨이 넘어가도록 까르르 웃었다.
무엇이 그토록 재미있었는지,
우리는 죽을힘을 다해 웃었다.

2023년 6월
박유하

| 차례 |

the semi-
basement
of God-Pa
rk Yoo-ha'
s poetry
collection

지우개 똥

지우개 가루를 모아 문지르고
문질러진 지우개 가루를 긁어 다시 문지르기를 반복
하며
나는 어룽어룽한 색이 까매지도록 빛 놀이를 한다

한 번도 지우개를 끝까지 써본 적이 없다 지우개는
자신이 다 닳아 없어지기 전에 도망쳐 버리는 것이다
그러한 지우개의 생명력을 예감하는 일도 먼빛이 스미
는 일이다

그리고 썼다 노트를 꽉 메우고서야 마음에 남아 있는
한 방울을 직감했다 흩어진 지우개 가루를 뭉칠 때는
이 한 방울을 흘려보내는 속도에 맞추어 반죽해야 한다

다 완성된 지우개 똥을 손가락으로 조몰락거리면 스
멀스멀 소화되듯이 몰려오는 빛

톡, 지우개 똥을 날리면 증발되는 한 방울

　무르지만 단단한 피부를 가진 지우개를 골라야 한다
피부가 때처럼 밀려 나가도 한 방울을 이해할 수 있는
지우개

　책 사이에 낀 지우개 가루를 털면 건조한 생활을 통
째로 들킨 기분이 든다 그리고 쓴다 한 방울 찾기 위하여

　한 방울은 지우개 가루의 얼룩을 문지르고 문지르게
하면서
　빛의 조수 간만을 만든다
　그 넘실거림으로 지우개 가루를 모아 문지르고
　문질러진 지우개 가루를 긁어 다시 문지르기를 반복
하며
　나는 동그랗고 까맣게 형상화되는 한 방울의 흔적을
즐겼다

벌레와 겨루기

어둠에 눈이 길들여질 무렵
마음을 뚫고 기어 나오는 벌레

자잘한 몸통에 달린 다리가 네 개, 여덟 개, 열여섯 개
반복적으로 증식한다

벌레는 이쪽으로 극적인 소폭을 움직이면서
수없이 출렁인다, 따뜻하게 검은 물방울

오랫동안 미워한 사람의 부고 앞으로
기어가는 침묵을 모사하는 벌레야,

너는 짓밟힌 적도 부끄러워한 적도
없이, 살아나서 속죄양처럼 무모하다

구석으로 기어가 벽을 오르다가 죽은 듯이 멈추어 서서
낮은 속도로 흘러가는 대낮을 다 받아 낸 벌레가

다시 나에게로 다가온다

도망치다 꼼짝없이 주저앉는 나에게
벌레는 극적인 소폭을 두고 내 앞에 멈추어 선다

"검은 물이 옮겨붙으면 어떻게 되는지 알아?"
벌레는 감히 약 올리는 말을 건넨다
"한 방울밖에 안 되는 주제에"

아까부터 벽시계의 침이 같은 자리를 착, 착, 닦고 있다
"덤벼 봐, 덤벼 봐"
벌레를 머금고 벌레 소리를 내면서

나는 벌레가 전부 닳을까 봐 아슬아슬하다

식물원

한곳을 오래 보고 있는 너는 단조로운 식물처럼 살아
났다
습관은 너를 이곳에 심어 두었다 물을 먹고 햇볕을
받아도
너는 더는 자라나지 않았다

이러한 방법으로 너는 앓았다
앓기 위해서 가느다란 줄기로 남았다는 듯이
끝을 둥글게 말아 가장 안쪽으로 밀어 넣으면서
너는 수백 개의 더듬이로 분해된다

"이것 봐봐, 고생대에 살았을 법한 식물이야"
사람들은 너의 다발을 관찰하고 냄새를 맡으며 너를
보지 못한다

수백 개의 더듬이가 사시나무처럼 떨자
대낮에도 섞이지 않는 빛을 발하며 너는 반짝인다

그 빛이 추워서 너는 또다시 끝을 둥글게 말아 안쪽
으로 밀어 넣으면서
　보이지 않을 만큼 가느다래졌다

　다만 아주 작은 먼지조차 너를 지날 때면
　이곳의 풍경이 울렁거렸다

풍선 효과

그는 사거리 복판에 서서 공중에 떠 있는 풍선을 가
리켰다

지나가는 사람들은 멈춰 서서 그의 손가락 끝을 따라
풍선을 쳐다보고 가곤 했다

어느 날 아무도 자신이 가리키고 있는 풍선을 쳐다보
지 않자
그는 자신이 사라진 것 같은 위기감이 들었다

"들으셨죠?"
"네, 섬뜩하네요"
소리를 들은 사람들이 겁에 질린 듯이 도망가자
소리를 듣지 못한 사람들도 사거리 복판을 쳐다보기
시작했다

그는 내내 풍선을 가리키고 있었다고 반항했지만

사람들은 그를 통해 그 소리를 믿었다

"정체불명인 소리가 사거리 복판에서 울려 퍼져요"
신고를 받고 온 경찰이 그에게 천천히 다가갔다

"꼼짝 마"

모든 사람이 꼼짝하지 않았다
　그 순간 그가 가리키고 있는 곳에서 구름에 가려진
풍선이 극적으로 드러났다

　사람들은 여전히 들리는 그 소리에 대해 모두 모르는
척했다

　그림자가 거대해지는 초저녁
　그가 가리키는 것이 철새이고 구름일 때
　그가 유일한 인간일지도 모른다는 풍문이 돌기도 했다

새 조련사

　손톱 끝 냄새를 맡고 있으면 흘러가기 위해 옅어지는
리듬이 있다
　먼 하늘로 사라지는 새가 겨우 점멸하듯이

　우리는 자신의 숨을 지휘하는 새를 최대한 멀리 보내고
그것을 미행하며 숨을 잇는다

　새는 숨으로만 느낄 수 있는 귀신이다
　새와 가까이 지내면 숨소리가 들린다 고독할 때만이
우리는 새와 놀 수 있다

　옆 좌석에 앉은 타자의 숨에 매혹된 적이 있다 나의
새보다 타자의 새와 가까이 지낸다는 건 숨이 막히는
친근이어서
　타자의 숨 속에서 나는 최대한 나의 새를 몰아내며
죽은 척했다

　사라진 타자의 곁이 새처럼 살아날 때까지

따뜻하게 엉키다가 죽고 다시 태어나

"당신은 한없이 허약해지는 체질이군요"
진찰을 받고 귀가하는 동안에도 점차 몸이 가늘어지
고 있었다

한 걸음, 한 걸음, 귀가하면서 나는
주위를 돈다, 맴맴

"누가 있는 것 같아"
"누가 있다고 그래"

그들은 자신의 안테나를 최대한 올려
이곳저곳을 쓸어 본다

한데 모여 나오는 나의 한 움큼

"이게 뭘까?"

나는 그들의 안테나 속으로 들어가

나와는 무관한 백색으로 흘러나오는 다리를 얻어 바글바글 기어 나온다

　　"엄청난 번식력이야 그런데 이것들은 다리밖에 없구나"
　　백색으로 흘러나오는 다리들은 따뜻하게 엉키다가 죽고 다시 태어난다

　　그들이 나를 볼 수 없어서 나는 수천 마리처럼 이동했다

동거

대답하지 못하자 나는 나다워졌다
주변이 조용해서 너는 홀로 침전할 수 있었다

탁자를 두고 그리하여 우리는 각자 짙어지면서
약한 빛을 회복했다

벽지는 낡아갈수록 잠식되지 않는 빛을 발견한다 어
둠을 몰아내는 것이 아니라 어둠으로 드러나는 방법을
빛으로 터득할 때 벽지는 물러나지 않는 저녁이 되었다

우리는 가구를 바꾸면서 빛의 궤도를 돌았다 분위기
는 모종의 계절이어서 낯선 액자가 창가에 앉아 있기도
했다
간혹 분위기에 적응하지 못하는 액자가 퇴화되기도
하면서

대답하지 못하자 나는 나다워졌다
주변이 조용해서 너는 홀로 침전할 수 있었다

서커스

그즈음부터 나는 누렇게 벽에 피어났다
정작 나는 다정한 적이 없어서 벽에게 스며드는 체질
이 낯설었다

자고 일어나면 지려진 오줌처럼

그럼에도 나에게는 끝까지 스미어 들지 않는 뼈가 있다
이것이 곧추서는 날에는 스미어 드는 머리를 번쩍 건
져 올리고
겨우 내가 되어 어슬렁어슬렁 기어 나온다

짐승만도 못한 것은 무엇일까 나는 보송보송한 털과
짖는 습관이 있지만 말을 한다
안녕하세요? 인간처럼 보인다는 건 긴장했다는 뜻입
니까? 질문도 할 수 있다

어떤 이는 심지어 나를 보며 박수를 친다

내가 뼈가 없는 동물이라고 사전에 분류되어 있기 때문이다

"뼈도 없는 게 뼈가 있는 척하는 거 봐요"
나는 자존심이 상해 더욱더 꼿꼿하게 몸을 세울수록
뼈가 물렁물렁해지는 것이다

누가 지휘하듯이 나는 벽지 속으로 다시 스며들고 있었다

방이 헤매는 밤

비닐봉지는 공중으로 올랐다가
도롯가로 내려앉으며 바람을 에두른다
바람 속으로 들어가기 위해 일렁이다가
끝내 그렁거릴 때까지

빈방이 자꾸 비닐봉지 흉내를 낸다

문득 그러한 방이 온몸을 천천히 떠돌다가
심장 소리를 품을 때가 있다
그러면 빈방은 쿵덕, 쿵덕 울리는 소리를 따라 반죽
되면서
다리 다섯 개를 얻는다

적응되지 않는 다리가 서로 엉키면서 걸어간다
어디로 가는지 모른 채
빈방은 달아나듯이 생존을 다룬다

자다 일어나면 어설프게 도주하다 잠든 빈방이

새근새근 숨소리를 내었다

불면증

죽은 선인장이 밑동만 노래진 채 여전히 푸르다

죽음마저 속도를 낮추는 선인장의 윗녘은
먼 나라의 기후 같고

그곳의 문명은 아무것도 자라나지 않는 땅에
박혀 있는 돌멩이

돌멩이는 주워 담아도 주워 담기지 않는다
오직 그곳에 있어야 그 돌멩이일 수 있다는 정서 때
문에

죽은 선인장의 돌멩이는
혼자 쥐불놀이를 하는 신나는 아이처럼
초록이 퀭해지도록 초록을 돌린다

어느덧 지쳐 쓰러진 선인장이 뿌리째 뽑혀 있다

백색 식욕

베개는 천이 낡고 솜이 빠질수록
원시적인 벌레처럼 소화기관만 남아
방의 침묵을 우물우물 씹어 먹는 것이다

나는 아침을 던져 주었다
어떻게 식사를 하는지 관찰하면서

"중부지방은 구름이 낮게 끼고 비가 오지 않"
"왜 혼자 머물"
"쟤, 벽을 밀고 있는 것이 아니라 벽에 기대고 있는"
　나는 리모컨으로 채널들을 돌리면서 지금의 위치를
익힌다

베개가 나의 뒤를 듬부적 듬부적 따라오고 있다

배고프지 않는데 양푼에 가득 아침을 비벼서

먹고 토하고 먹고 토하면서 빈껍데기만 남은 베개가
나를 쳐다본다
　"허물이 허물을 벗으면 어떡해? 알맹이도 없는 주제에"

　솜의 창백이 부글부글 끓어오른다
　어쩌면 이곳에서 아침이 흘러나왔는지 모르지

　베개는 소화불량인 채 폭식할 것처럼 빛을 찾았다
　위가 세탁될수록 아침이 강렬해졌다

여름성 급체

입을 틀어막을수록 번식하는 웃음은
결국 입 밖으로 터져 나와 폭발적으로 그를 삼켜 버
렸다

구토하듯이 웃음을 쏟아 내며 그는 걸어간다
웃음이 얹힌 것이다

그는 도저히 소화해 낼 수 없는 웃음을 게워 내며 땀
을 삘삘 흘린다
더는 나오지 않는 웃음을 주조하기도 하며

쓰름, 쓰름, 여름이라고, 여름이라고

비가 오지 않는 고온 다습한 날이 이어졌다
그는 몸의 반절을 비워 내고 소리를 공명하듯이 웃는다

두문불출한 그는 여름이 되어서야

나와서 웃고, 웃다가 찡그리고 입을 틀어막는다

무엇이 웃긴지 알 수 없는 그에게 웃음이란
몸의 비워진 반절을 떠도는 소리의 회귀일 뿐인 것이다

그곳에 갇힌 소리를 피로 익힌 적이 있다

손을 땄고
검붉은 마음이 방울로 솟아올랐다

웃음이 잠시 내려앉았다

그의 혈통은 소리가 회귀하는 통로다
그 소리로 구애를 하면서 그는 여름을 이어 나갔다

왼발의 연극

그럴 때면 나는 돌아누워 있다가
어느새 이 밤을 홀로 견디는 왼발이 되어 버린다

나에게 닿지 않는 끌대로 누가 허공을 긁어 댔다
왼쪽으로, 왼쪽으로, 지독하게 왼쪽을 증명하면서

앞을 향해 내디딜 오른발 없이
왼발은 총, 총, 총, 밀려들어 간다

왼쪽이 무게가 될 때까지
뛰어다닐수록 왼발은 왼쪽의 극한으로

어느 쪽으로 돌아누워도 왼쪽인 세계를
둥글게 말면 방이 우주처럼 자라기도 한다

피부의 진화

자고 일어나니 피부에 검은 무늬가 출렁거리고 있었다
"엄마, 이게 뭐야?"
나는 펑펑 울었고 엄마는 나를 달래 주었다
"악몽이란다, 얼룩말처럼 잘 달리는"

출렁이는 사춘기를 지나 나는 어느덧 윤기 있게 마른
얼룩을 갖게 되었다
"참으로 멋진 피부를 가졌군요"
나는 튼튼한 다리와 근육이 모두 이 얼룩으로부터 나
온다는 것을 직감했다

얼룩을 쓰다듬는 어느 날 출렁거리는 얼룩이 나를 덮
치기 전까지 나는 자신만만했던 것이다
까맣게 커지다가 하얗게 작아지는 얼룩을 나는 밤새
도록 문질렀다

지독한 애무였다 나의 사랑을 받다 지친 얼룩에

먼지나 머리카락들이 쓸모없이 붙었다

마침내 얼룩이 적적한 친근에 대해 자꾸 속삭이는 것
이다

나는 식은땀처럼 맺히는 얼룩의 마음을 자주 닦아 주
었다

숨을 확인하는 마음

한동안 움직이지 않는 새를 유심히 바라보았다
새는 스치듯 잠시 목을 돌린다
비로소 살아 있음을 확인하는 일 또한 가파른 바람이다

어느 돌에게 흘러나오는 새를 듣기 위해 평생 무릎을
꿇었다는 시인의 일기를 훔쳐본 기억이 있다
그는 돌이 없는 돌의 끝까지 무릎으로 기어가면서 신
앙을 배웠을 것이다

보이지 않는 나무의 끝은 나무가 공중에게 곁을 두는
곳이다
나는 그러한 그루터기에 오래 앉아 있었다

이윽고 새가 되었다는 듯이
새의 무게에서 벗어나기 위해 발버둥 쳤다

이곳이 흔들리기도 하면서

새의 무게는 나를 꽉 끌어안고
극도의 가벼움으로 없는 척한다

신의 반지하

오래 꽂혀 있는 책은 중력이 아닌 운명이 그 자리와
함께하는 것이다
  그러한 책을 들어 올리면 자리의 따뜻하고 쓸쓸한 내
장이 따라 올라온다
  시큼하고 깊은 종이 냄새

  책 한 마리를 끌고 가면서
  나는 따뜻하고 쓸쓸한 내장의 울렁이는 속을 익힌 적
이 있다

  따뜻하고 쓸쓸한 내장에게 내어 줄 살이 있을 때
  신이 이토록 사랑한 자리는 늘 출렁거린다

  열한 번째 발가락이 따뜻하게 느껴졌다가 쓸쓸하게
사라졌다
  소화되지 않고 끝까지 남아 있는 육체가 유물처럼 어
두워지는 무렵은

신이 사는 반지하

흘러간 살만큼 내려간 깊이에서
땅 위로 지나가는 모든 것을 우러러봐야 빛이 보였다

목격자

물고기는 물결을 따라 흐르지 않기 위해 지느러미를
흔든다

생존은 몸짓에서 비롯된다

어느 사찰에서 곱사등이 있는 그녀를 보았다
아래로 침전하듯 고개를 숙이고
사뿐사뿐 걸어가는 그녀는

사람들의 옆으로, 옆으로만 지나갔다

몸짓은 타자에게 환영처럼 보이기도 한다
"나는 못 봤는데"

"방 안에 있다니까"
"휘젓고 다니는 새를 내가 못 볼 리가 없잖아"

우리는 연극의 막을 올리듯이

천천히

방문을 열었다

구원

그는 바닥에 바짝 엎드린 채 오랫동안 일어나지 않았다
바닥이 일어났는지 그가 바닥이 되었는지
알 수 없을 만큼 바닥은 그를 잡아당기고 있었다

어느덧 그는 바닥의 감각을 잃었다
끝도 없이 깊은 곳에서 여전히 엎드린 자세는
어딘가에라도 붙어 있어야 하는 생의 의지였다

물속의 흐름이 전부인 현기증 속에서
쿵, 쿵, 울리는 소리밖에 들리지 않았다
그는 심장으로 자라나고 있었던 것이다
이곳의 밖에서 누군가 자신의 소리를 듣고 있다는 느
낌에
그는 온몸이 뛰었다

"다시 태어날 수 있다고 믿지?"

속죄하고 있을 뿐이라고 말하려 하는데

이미 온몸이 심장이 되어 버린 그는 더욱 빨리 뛸 뿐
이었다

"들켰구나? 들켰지?"

"쿵덕, 쿵덕"

의미를 알 수 없는 말들이 피를 흉내 내며 여기저기
떠돌았다

밖에서 웅웅거리는 소리가 들렸다

그는 침착하게 그 소리에 집중할수록

태어날 것 같은 위기를 느꼈다

"거봐, 다시 태어나고 싶으면서"

"쿵덕, 쿵덕, 쿵덕"

저 멀리 보이는 빛이 가까워졌다

무기력하게 태어나 버린 그는 차가운 바닥에서 더 이상 뛰지 못했다

연기

기나긴 복도였다 걸으면 걸을수록 햇살이 아팠다

나도 모르는 나를 복도의 설계자는 알고 있다는 듯이
나는 서서히 항복하며 피어났다

자신의 내부를 드러내면서 모조리 말라 가는 기괴

긴 시간만으로도 내상을 입을 수 있다
시간의 미열을 앓다가 누레지는 종이처럼

내가 이미 여러 번 있었던 일이라는 듯이
말라 죽으면서 피어난 화분들이 드문드문 놓여 있었다

"죽을 거야, 살 거야?"
복도가 기나길게 나를 의심할수록
이제 모든 일이 연기 같다

일시 정지

무호흡에 돌입한 창가가 젤리처럼 탱글탱글하다

밀린 전기세와 수도세가 진물처럼 흐르고
먼지 쌓인 신발이 삭아 가는 동안에도
햇볕은 자주 방을 말리고 말렸다
오랫동안 켜지 않은 등 안에 빛의 잔류들이 탁, 탁, 움직이는 동안
꽉 닫힌 창문 사이로 비행기의 굉음이 흘러오기도 하였다
상한 침묵을 잘못 삼켰을 때도 곰팡이가 자라났는데

이윽고 열기가 전부 빠져나간 이곳에
아직 적응하지 못한 창가는 젤리처럼 탱글탱글하다

네가 떠나면서 남긴 티셔츠와 거울, 낡아 가는 의자들이 있는 힘을 다해 탱글거렸다 바늘로 찔러도 아프지

않는 피부가 독감처럼 전염되듯이 깊숙하게 바늘이
들어간 반투명한 방은 출렁대지만 흐르지 않는다

창가에 매달려 아직 떠나지 못한 방이 컹컹 울 때마다
탱글탱글한 창가의 세계

귀신 되기

풍차의 거대한 날개가 휙휙 돌아간다 아무도 가까이
다가갈 수 없도록 머리를 흔들고 괴성을 내는 흉물스러
움에 풍차를 처음 본 사람들은 위태로움을 느끼며 살에
검은 물이 들기도 한다
타인을 뒤로 물러나게 하는 바람을 익힌다는 건 그럼
에도 끝까지 살아 있기 때문이다

버려진 화분이 뙤약볕에 놓여 있다 죽은 뿌리를 둔
마른 잎사귀는 자신을 마지막까지 소요하며 여름을 보
낸다 쓸쓸한 육체는 자신을 흘려보내는 방향으로 바람
이 되는 것이다

홀로 귀가하며 곧게 걷지 못하는 걸음걸이로 바람의
해안선을 그린 적이 있다 살을 돌아다니는 검은 물이
증발했다가 새벽에 새처럼 착지하기도 했다 울지 않는
새는 바람의 환영이다 오래 바람을 거닐면 보이는 착란들

빈방에서 혼자 돌던 선풍기의 대기를 마주하면 몰려오는 우기가 있다 습하고 더운 날에 초록을 지르는 나무들처럼 휘파람을 불면

풍차의 거대한 날개가 휙휙 돌아간다 신나도록 호흡하듯이
검은 물이 펄럭이며 새가 되기도 한다

회귀 본능

세월을 건너 엄마의 머리에서 나는 파마약 냄새는 늙지 않는다

손이 닿지 않는 장롱 밑을 쓸다 보면 어릴 적 갖고 놀던 구슬이 굴러 나오듯이

순전한 것들은 자궁을 찾아 매번 태어나는 능력을 지녔다

철봉을 구르고 구르면서 우는 법을 터득한 날 한 번도 경험하지 못한 운동장에 착지하기도 하였다

나는 비슷한 자세로 태어날 수밖에 없었는지 모른다

조금씩 중력이 달라져도 영원히 늙지 않는 철봉이 나에겐 있다

식물원 2

방이 멎지 않는 이유는
잎이 우거진 나무가 살아 있기 때문이다

이 나무는 소리를 빨아들여서 잎을 피워 내는 것 같
지만
소리와 전혀 상관없이 생장하다가
바람이 불면 잎을 반짝이며 이 세상에 없는 소리를
낸다

나무가 사라지는 소리

그리고 정말 나무가 사라졌다

"미안해, 미안해"

아이처럼 우는 나의 목소리에 눈을 떴다

꿈에서 흘린 눈물을 현실에서 닦았다

나무가 살아나는 소리가 들려올 것처럼
마음을 자꾸 소리와 연관시키면
나를 미행하고 있는 기분이 든다

긴장하면 잎이 피어난다

나는 잎이 우거질 때까지 나를 샅샅이 그리워했다

저지레

아이는 꺾어 온 줄기를 반나절 내내 갖고 논다
푸른 잎이 검푸르러지는 슬로우 모션의 파도를 흔들어 보다가
결국 잠이 든 아이

꺼진 형광등 속 잔광처럼 어룽어룽 물의 성질을 닮은 빛은 위험해서
느닷없이 백지처럼 낯선 오후에 내가 떠밀려 발견되기도 한다

이름도 잊고 어딘지도 잊은 나는 균형점을 찾으며
오랫동안 무늬로 지내기도 하였다

새 떼로 흘러가지 않기 위해 새하얀 물때로 남은 거울이 나의 자화상이다

아이는 또다시 거울에 남지 않는 색을 구해 집 안에 풀어놓을 것이다

고무장갑은 상상한다

물을 흡수할 수 없는 고무장갑은 물을 상상하는 내장이 되어 버렸다

그날은 고무장갑 속에 들어간 손이 물러 버리는 것 같아 얼른 손을 뺐다 고무장갑이 상상한 물은 나의 손과 꼭 맞아서 고무장갑 냄새가 밴 손은 물을 앓기도 한다

호주머니에서 손을 빼내기 어렵다면 손이 호주머니 속으로 스며들고 있기 때문이다 호주머니가 손을 전부 소진할 때까지 나는 거리를 방랑했다 이 또한 싱크대에 걸려 축 늘어진 고무장갑이 허공을 질근질근 씹으며 끝까지 상상한 물이다

새벽에 가슴으로 숨을 쉬는 작은 새가 창가에 앉아 있다 고무장갑이 새처럼 꼬이고 접힌 채 물을 상상하기 때문이다 고무장갑이 상상하는 물은 증발할 수 없어서 우는 새는 혈통이 되어 떠돌 것이다 어쩌면 그러한 미아의 마음이 고무장갑을 상상하는지 모른다

자성과 증명

햇볕에 나가 묵힌 이불을 털면 하얗게 흩어지는 먼지들
오랫동안 공생해도 섞일 수 없는 것은 섞일 수 없다

구석의 자성에 이끌렸을 뿐

절름발이 고양이가 기어 나오는 차 밑의 틈새에 이끌
린 이후 나는 자주 그곳을 들여다본다 의지가 아닌 습
관이 애정이 되기도 하는 자성의 세계에서는 서로의 불
구를 들여다보는 행각을 벌이기도 하는 것이다

같은 시간에 버스를 탄 북적한 무리는 차체를 따라
같이 출렁이고 각자 말라간다 이러한 호흡은 제각기 잎
이 피어나는 나무의 리듬이다 손잡이에 몸을 맡긴 채
승객들은 각자의 흔들림을 견디다가 이곳으로부터 해
제된다

승객들은 결국 자신들이 남기는 허공을 보지 못하지만
전부 떠나간 자리에서 구석은 끝까지 허공을 증명한다

섞일 수 없는 미물들이 모였다가 흩어지는 구석의 무
중력 속에서
　끝까지 남아 있는 것만으로 나는 미아가 되곤 했다

　바람이 불어도 매일 그 자리에 남아 있는 보푸라기처럼
　이러한 나만이 타인에게 줄 수 있는 미묘한 믿음이
있었다

이불과 겁쟁이

덮어 줄 것도 없이 널브러진 이불은
자신의 속을 온기로 데우면서 외딴 영토가 된다

이러한 방법으로 오래 거울을 쳐다보면
서서히 눈이 뜨거워진다

눈은 가장 먼저 고독해지는 기관이다
덮어 줄 것도 없이 널브러진 이불은 자신의 눈을 품
고 있는 것이다

나는 온도에 따라 이불을 바꾸며 눈을 옮긴다

바람이 한자리를 오래 머물면 적막하다 이 또한 온기
라서
역 앞에 앉아 있는 나그네들이 새들에게 먹이를 주는
동안 자라나는 눈이 있다

창문이 없는 고시원 방에서는 방음이 되지 않는 벽이
예열되다가 창문이 되어 갔다
　우리는 서로를 상상하며 서로를 보지 못했다 끝내 눈
이 자라나지 못했기 때문이다
　우리는 자신을 덮을 이불조차 갖고 있지 못했으므로

　덮어 줄 것도 없이 널브러진 이불은 넘쳐흐른 자국일
수 있겠다

　나는 소인국의 사람처럼 이불의 국경 앞에서 겁쟁이
가 되기도 하였다

방

혼자 자취하는 방에 머무르면 호흡으로 나를 미행하고 있는 기분이 든다 그러한 방에 들어서면 나를 오래 떠돌던 흔적이 곤죽이 된 지도같이 뭉쳐져 있다

방은 구석이 아닌 적이 없다 나는 이곳에 거주하기 위해 이목구비, 양쪽의 팔과 다리를 몰아넣는다 사람들은 나를 보며 깜짝 놀라기도 한다 "언제부터 여기 있었어?"

방, 하면 회오리치다가 머무는 중력감이 느껴진다 이러한 방식으로 방은 태어난다 불현듯 길목에 주저앉는 사람은 바람처럼 길을 돌다 방이 되어 버렸기 때문이다

방으로 맺혀 있는 사람은
신호등이 바뀌고 뒤에 있는 사람들이 길을 재촉해도 눈의 초점이 돌아오지 않는다

자신의 힘으로 견디고 있는 방을 정확히 바라보고 있기 때문이다

눈이 방을 가리키는 나침반이 될 때
차오르는 방의 내부가 흘러가지 않도록 나는 가느다란 다리들을 뻗는다

바람이 불면 가느다란 다리들은 방을 더욱 흔들어 대는 것처럼 보이지만
균형을 잡고 있는 것이다

밤하늘

　귀를 후비는 동안 나는 추궁하고 있었다 날씨가 더운 날 곰팡이가 번식하는 활발함에 대하여, 우유는 어느 사이 상해 있고 나는 어느 사이를 매번 놓쳤다

　장례식이 활발하지 않았다면 어둠이 모자랐기 때문이다 청춘은 부글부글 끓는 똥만치 살아 봐야 싹을 틔우는 계절이었다 서로의 입술을 빨며 "사랑해?" "사랑해"를 반복할수록 절망이 식지 않는다 태초에 한 번 어두웠으므로 우리는 밤하늘을 통해 그것을 상상하곤 했다

　그리하여 귀를 후비는 동안 눈부신 귀지를 모으면서 나는 추궁할 수밖에 없는 것이다 뾰족한 빛을 닮은 어둠은 높은 곳을 향해 올라가면서 소멸하고 다시 피어오르는 불꽃놀이

　나는 그것을 보기 위해 더욱 어두워지기로 했다 눈을 감고 귀를 막고 말을 하지 않으면서 온몸으로 추궁하다

보면 자꾸 구멍이 나를 찌른다

"구멍이었어? 구멍이 어떻게 뾰족할 수 있지?"
"네가 빠른 속도로 빠져드니까"

나는 자존심이 상해서 웃음이 나온다
"너를 막아 버릴 거야"

그런데 어디를 막아야 할지 알 수 없다
구멍은 점멸하며 웃고 있었다

나의 천체가 온통 나를 놀리기 시작했다

실버팁테트라

돌이 한곳에 머물러 있는 동안 아른거리는 것을 본다면 당신은 중력이 물로 이루어진 세계에 도달한 것이다

환수를 잘하지 않으면 물이 탁해지고 실버팁테트라는 죽을 것이다 슬픔을 자주 갈아 주어야 건강해지는 체질처럼

그렇게 두 눈을 떴다 대낮에도 형광등 빛이 울렁이는 이곳에서 젖지 않는 건 결국 어종으로 살아남아서

실버팁테트라는 튀어 오른다 이 어종은 밖으로 탈출하는 점프사가 잦아 어항에 반드시 뚜껑이 필요하다

어항이 한곳에 머물러 있는 동안 아른거리는 것을 본다면 당신은 흐름이 돌로 이루어진 세계에 도달한 것이다

우리의 기도

흔들리는 풀잎은 살냄새를 닮았다
바람을 따라 도로변을 떠도는 비닐봉지가 곁을 파고
들듯이

곁의 깊이를 날게 된 딱 한 마리의 새가 이제 막 발견
한 창공을 횡단한다 그러한 새의 날갯짓에는 살냄새가
난다

이미 수많은 흔적들이 지나간 떡볶이집 벽면에 우리
는 이름의 이니셜과 하트를 작게 남겼다 흔적이란 우리
로 이행하는 작은 무게를 깨닫는 방법이다 사라지는 흔
적을 보며 새가 여전히 날아가고 있음을 가늠한 적이
있다 착지할 수 없는 바람을 오래도록 따라가다가 기어
코 몰려오는 작은 무게를 새라고 부르는 마음을 우리는
그 순간 배웠는지 모른다

맞잡은 두 손의 살냄새를 맡으며 우리는 창공을 발견

한 딱 한 마리의 새가 되었다

새가 지워지고 사라진 후에도 이윽고 두 손을 놓지
못하는 기도가 있었다

누군가 밀어붙인다

불현듯 돌이 들어간 신발을 신고 계속 걷는다
신발 속을 떠도는 돌이 발밑으로 성좌를 그리는 동안
몸은 군데군데 하얘지며 절름거리는 걸음을 들키고
만다

조도를 최대한 밝히면
잘 드러나지 않는 자세를 발굴할 수 있다

수학 문제를 풀다가 0을 수없이 써 내려가야 하는 거
대한 숫자 앞에서 나는 "살려 주세요"를 외치며 항복한
적이 있다
살고 싶은 마음을 들키면서까지 하얘지도록 지켜 내
고 싶었던 색은

방충망에 죽은 자세로 붙어 있는 벌레의 자세
느닷없이 소나기가 내렸다

죽은 줄 알았던 벌레가 왼쪽으로, 왼쪽으로 조심스레
자리를 옮긴다

남은 치약을 전부 짜내듯이 누군가 밀어붙이는 생을
낭비하지 않으면서

벌레는 기어이 비 오는 하늘로 날아오를 수밖에 없다

외계로 가는 귀

엄마는 나의 귓속을 플래시로 비춰 보며 외계인이 무 엇을 넣고 갔는지 살펴보았다 의사는 엄마가 약을 먹어 야 한다고 진단했지만

정작 고막까지 도달하는 소리가 거의 없는 나의 세계 는 이명이다

귓속의 매미가 오후를 한 음으로 버티는 구간이 있다

그 수평을 경사로 느낄 수 있는 사람만이 매미의 리 듬을 감지한다

나는 평형감각을 잃은 대신 수평을 오르내리며 비틀 거리지 않는다

두 눈을 감고 꾸역꾸역 수평의 정점에 이르면 혼잣말 에 지친 엄마의 침묵이 예감으로 비칠 때가 있다

어느새 엄마는 나의 귓속을 플래시로 비춰 보며 외계 인이 무엇을 넣고 갔는지 살펴보는 것이다 의사는 엄마

가 약을 먹어야 한다고 진단했지만

　정작 귓구멍이 이어지고 이어진 나는 망가진 귀다

　수평을 오르내리는 경험을 자주 하다 보면 어느새 가
만히 앉아 있는 나를 태우고 세계가 돈다 비행접시가
핑핑 돌아가듯이

　팅, 팅, 팅, 세계는 수면을 딛고 경쾌하게 날았다가 무
음처럼 죽은 척했다

끝까지 살아남기

　주인이 오랫동안 들어오지 않는 폐가에 놓인 시꺼먼 신발이 겨우 형태를 유지하며 말라가고 있었다 신발은 점차 신발로부터 빠져나오는 중이었다

　누구의 손처럼 보이다가 작은 새가 되기도 하면서 신발은 밤새 생기를 내뿜으며 점차 기체가 되어 가는 것이었다

　다음 날 신발은 사라지고
　몸통이 까만 곤충이 앉아 있다
　드문드문, 찌르르 울면서

　앙상한 몸을 박제해 놓은 듯이 움직이지 않는 곤충은 온몸이 알 수 없는 표정이다
　곤충은 화난 듯이 곧바로 튀어 오를 것 같으면서도 고독했고
　회상하는 듯이 보이다가도 앞을 주시했다

"먹이를 줄까"

"찌르르, 르르, 찌르르"

배로 울음을 모으고 뱉는 곤충을 자세히 보니

눈만 있다

입이 소멸한 대신 최대한 움직이지 않으면서 살아가
는구나

허공을 응시하면 문득 그 곤충은 폐가의 갈비뼈처럼
견고하게 자리를 지키고 있어서

바람이 숨처럼 부풀어 오르는 곳에 폐가가 어렴풋이
보이기도 한다

붉은 신경의 밤

발꿈치의 굳은살을 핥으며 강아지의 혀는 붉은 신경을 발굴해 냈다 붉은 신경은 잔류 같은 빛을 품고 어룽거렸다

쓸쓸하지 않은 벽은 없다 붉은 신경이 안에서 느릿느릿 춤을 추고 있기 때문이다 그러다 벽이 살이 되기도 하면서

붉은 신경은 음악이 된다 어느 높은음의 꽃을 피우느라 붉은 신경이 전부 소진되어 버린 적이 있다 이렇게 피어난 꽃이 허공이 될 때까지 최선을 다해 살아 있는 마음으로 한 계절이 지나고

문득 정강이처럼 도드라진 곳에서 붉은 신경은 극소량의 생명력을 품고 잠적해 있다가 꿈틀거리기도 하는 것이다 소변이 배출되듯이 흘러가는 붉은 신경이 희망 같아서 나는 제발 이 흐름이 멈추지 않기를 바랐고

붉은 신경은 노을의 재료로 쓰이듯이 자꾸 어둠을 끌고 온다

강아지가 짖을 때마다 밤이 컹컹 공명하며
아무것도 없는 나를 확장시켰다

바닥과 벽 사이

　바닥과 벽 사이를 오고 가며 만든 거미줄을 보았다
　부스러기들은 그곳에 무게를 걸어 놓고 아래를 들여
다보듯이 대롱대롱 매달려 있다
　바닥으로 내려앉지도 못하고 위로 올라갈 수도 없는
일 센티미터의 상공은 사진 속에서 여전히 웃고 있는
나의 얼굴이다 때때로 사진 속으로 들어간 바람이 나의
얼굴을 부스러기처럼 흔들어 보기도 한다

　그리고 버티었다 아침 일곱 시에 일어나 일 센티미터
의 상공을 걸어가면 도착 시간이 매번 흔들린다

　바닥과 가까운 상공에서는 바짝 엎드린 자세로 부력
을 얻는다 이렇게 기도한 날에는 일 센티미터 허공으로
구원받기도 한다

　아멘, 그리하여 윙, 윙, 경쾌한 찬양은 오줌을 누며 공
중화장실의 바닥과 벽 사이에서 불현듯 목격할 수 있을

뿐이다

　일 센티미터의 상공에 대롱대롱 매달린 부스러기들
은 무게를 전부 흘리고서야 풀려날 것이다

거리의 기후

먼지는 내려앉는 춤선만 있을 뿐
일정한 서식지가 없어서 허공을 바닥처럼 거닐기도 한다

같은 거리에 모여 걷는 우연은 각자 외로워지는 무도
회다 나와 같은 눈빛을 한 그의 눈에 우연히 나의 눈을 덮
어 주는 일만으로도 이곳은 하얗게 부대끼는 구석이 된다

아무도 감지할 수 없는 중력은 마침내 아주 미세한
먼지까지 바닥에 안착시킨다 무감각은 무서운 지속을
닮았다 걷다가 문득 걷고 있는 자신을 깨닫는 사람들은
먼지의 발상으로 모이고 모여도 섞이지 않는다

사람들이 많은 이 거리는 한 번도 발견되지 않은 사
람이나 어느새 이곳에 도착한 사람이 쓸쓸하고 다정하
게 모여 퀴퀴한 대기를 이룬다

언제라도, 금방 비가 내릴 것 같았다

회전하는 몽마(夢馬)

회전목마가 단조로운 건 단 한 마리의 목마가 수많은 목마처럼 빙글빙글 돌기 때문이다

현기증이 나자 비로소 나는 나를 찾아내기 위해 집중했다
내가 타자로 보일 때까지 최대한 느리게 시간이 흘렀다

나를 빠져나온 수천 개의 잔상이 몸의 반쪽을 공유하며 뱅글뱅글 액체가 되어 가고 있었다

"잠시만, 우리가 왜 돌고 있는 거지?"
우리는 머리를 쥐어뜯으며 이유를 생각했다
"돌수록 울렁거리잖아, 무언가 잉태하고 있는 것 같아"

우리는 슬로우 모션으로 최선을 다해 서로를 밀어내어 파도를 일으켰다

"정말 높은 파도야 심지어 우리는 전복될 뻔했어"

우리는 안이 밖으로 뒤집혀진 원기둥을 상상했다
최대한 우리를 안으로 밀어 올리면서

최고점에서 우리는 환호성을 지르며
우리 밖으로 흘러넘치려는 순간

회전목마의 수많은 말 중 한 마리가 뛰쳐나오려는 듯
이 고개를 돌렸다

천천히, 천천히, 그러나 반드시

커튼 뒤 새의 색깔은 무엇일까

저녁 여덟 시가 되면 그 새가 떠날 것을 나는 알고 있다
새는 종일 창가에 앉아 우연히 나와 눈이 마주치는
것이 전부지만

새가 사라지면 이곳은 새가 떨어뜨린 하얀 깃털이 된다

대낮의 하늘을 보면 눈이 감긴다
나는 어둠에 익숙해서 새를 이곳에 붙잡아 두어야 하고

저녁 여덟 시가 되자 정말 그 새는 떠났다

나는 하얀 깃털이 되어 가면서 자주 숨이 멎었다
누가 내 곁을 지나가면 그 바람에 들숨을 헤매기도
하면서

눈을 감으면 흰 털들이 한쪽으로 쏠려 휘날렸다

어떠한 표정들이 불어와도

나는 흰 털을 흔들 줄밖에 모른다

자신감

깜깜한 방에 누워 있으면 스탠드 옷걸이가 옷들과 함께 곤죽이 되다가 서서히 살아난다

어둠은 살이 되곤 했다 구석에서 오래 산 인형을 보면 살이 된 어둠이 스산하게 스며 있다

만질 수 있는 살은 빙산의 일각이다 나머지는 바람처럼 흘러 다니다가 저녁 하늘로 발견되기도 한다

나는 내가 주관하는 육체를 믿지 않는다 이런 것이 신앙이라는 것을 최근에야 깨달았다

나를 잊을 때까지 대낮의 거리를 헤매면 사는 일이 소문 같다

나는 빛과 함께 곤죽이 되다가 투명이 살이 되기도 한다

거울 속에 보이지 않는 살을 믿기 위해서는 소량의
공포가 필요했다

애완

버스의 빈 손잡이들이 각자의 박자로 흔들리면서 긴 환형동물을 지나 보내는 것을 보았다

척추가 없어 곡선이 자유로운 이 동물은 사람들이 거의 없는 곳에 서식하며 온몸이 물러서 건조하면 죽는다

혼자 휘파람을 불다 휘어지는 곡조에 마음이 물러지면 이 동물을 애완으로 키우고 있는 사람이다 이 동물은 오래 열지 않은 앨범이나 오래된 여관 장판에 얼룩처럼 말라 사체로 발견되기도 한다

화분에 자란 나무가 노랗게 쓸쓸해지는 것을 보았다 쓰다듬을 수 없는 곳으로 이전한 나무는 이곳에 허물만 남기고 바람이 된다 환형동물이 사는 생태계는 풍장이 자주 일어나서 눈이 퇴화된 종족만 살아남는다

여전히 마당 어귀에 비치는 빛 그림자가 서서히 흔들

리며 어느덧 부드러운 환형동물을 앓는다 울렁이는 몸
짓이 입덧처럼 올라왔다

추적

잘린 머리카락들이 변기의 물과 섞이지 않고 흩어지고 흩어지다가 소복이 쌓인다
몸 밖을 나온 작고 어두운 영토가 쓸쓸하게 떠다니고 있는 것이다

책벌레가 눌려 죽은 채 작은 점으로 남았을 때도 종이의 여백이 서서히 흘렀다

나는 이러한 여백의 흐름 속에 비친 몸을 내려다보곤 한다 머리까지 물속에 들어간 침수성 식물처럼 손이 올라가고 허리가 굽어지다가 전신을 엎드릴 때 급류가 흐르곤 했다 춤은 이러한 이동을 몸속으로 삼킨 증상이다

오래 비어 있었던 서랍을 열면 한 자세로 머물렀던 춤이 냄새가 된 영토가 있다 이 영토는 서랍 밖을 쓸쓸하게 떠다닐 것이다 애초에 아무것도 없었다는 듯이

신은 잘린 머리카락들을 최대한 확장시키면서 그것
의 숨을 들여다보고 있었다

우리의 내경

체증으로 배가 자주 부풀어 올랐다 그건 꽃에 관한
팬터마임이었고
꽃이 시들어 가듯이 배가 꺼지기도 하였다

이 극에서 꽃은 봉오리 속이 가득하도록 열리지 않는
개화를 맞다가
우물우물 빈속을 소화하듯이 시들어 가는 기형을 반
복한다

너는 나의 품속으로 뛰어들었다 정체(停滯)는 너를
밀고 나아간다
나는 손깍지를 풀지 않았다

밀려 나가는 꽃과 물러나는 꽃 사이 어디쯤의 계절감
을 짚으며
우리의 개화와 낙화의 몸짓이 같아지고 있었다

공생

목사는 신과 친해져야 엄마도 낫는다고 말했다
나는 평일에도 자주 개척 교회에 들렀다

교회 바닥에 떨어진 반건조된 꽃잎과 죽은 벌레를 줍고
모르는 찬송가를 읊은 후에는 어김없이 공허가 훅 밀
려왔다

실체가 없다는 건 참 기이한 형태다
어느 날은 교회 현관문을 나서도 공허가 졸졸 나를
쫓아 나섰다
그 무렵 나는 마음이 서서히 사라지고 있었다
공허는 나를 장악하고 내 심장을 얻은 것이다

아빠는 햇빛을 위해서 딱 한 그루만 남기고 마당의
나무를 모두 베었다
베어진 나무들의 단면 위로 쨍쨍하게 내리는 햇빛이
공허를 비추었다

공허의 군단이 등장하는 빈 무대에서 딱 한 그루의 나무는 배경이었다

궁, 궁, 언뜻 심장 소리가 들렸다 공허가 뜨겁게 순환하고 있었다

나는 딱 한 그루 남은 나무만큼 절박했다

딱 한 그루 남은 나무의 수많은 잎들이 반짝이며 공허의 말을 분석하고 있었다

생의 경사

발을 살짝 움직이거나 손에 힘이 빠지면 그대로 추락
하는 절벽에서
나는 살려 달라는 기도를 외치다가 잠에서 깨어났다

그 이후로 걷는 곳마다 절벽의 감각이 따라온다

오늘도 벽을 기어가듯이 살금살금 걸어가는데
느닷없이 커다란 손이 나를 덮치는 것이었다

"방충망까지 꽉 닫아 놓았는데 어디선가 불현듯 발견
된단 말이지"
커다란 손은 나를 놓치고서는 투덜거렸다
나는 주변을 둘러보았다 다른 사람들이 평범하게 길
을 걸었다
'내가 허약해진 것이 분명해'

그 틈을 타 커다란 손은 나를 산 채로 손아귀에 넣으

려는 듯이 침묵을 모사했다

"잡았다 이놈"

나는 겨우 손아귀를 피해 날아갔다

'나에게 날개가 있었다니'

나는 궁금해할 틈도 없이 급하게 윙윙 소리를 내며
지하철역을 내려가고 있었다

날면서 지하로 하강하는 이유를 알지 못한 채

습관처럼 바닥의 허공을 헤맸다

영접

　이십 년째 손을 피워 내고 있는 그녀의 팔은 뻗어 있
는 자세로 굳어 까맣게 말라 가고 있었다 그녀는 빛을
영접하는 식물이 되어 갔다

　나는 그녀를 따라 나의 팔이 썩어 문드러지기를 바라
며 빛에 집중했다

　서서히 팔 어딘가에 점멸하는 빛이 느껴졌다 마치 신
이 돋보기로 빛을 모으고 있는 것처럼 빛은 서서히 그
리고 마침내 살을 뚫고 있었다

　"당신은 나의 무엇을 들여다보고 있습니까!"
　나는 고통 속에서 울부짖으며 기도했다

　서서히 빛이 사라지기 시작했다

　굳어 버린 팔의 우듬지에 난 구멍을 나는 들여다볼

수 없고

　다른 사람들은 믿지 않는다

　다만 그 구멍 속으로 기어 들어간 벌레가 그녀의 까
맣게 말라비틀어진 팔에서 기어 나와 나의 팔로 이동하
면서 모종의 빛을 흉내 내고 있었다

딸꾹새

호흡을 참고 가슴 속에 딸꾹질을 깊게 밀어 넣었다
딸꾹질이 사라지면 새를 삼킨 기분이 들었다

날개가 눌리지 않도록 들숨과 날숨을 조심스럽게 지
휘하며
새를 오래 날렸다

새가 갑자기 목구멍 밖으로 튀어나올 것 같았다
나는 침착하게 숨을 이동시켰다

새는 숨을 따르는 듯하다가
탈출을 포기하지 않더니 비눗방울처럼 몸을 부풀리
고, 부풀리면서

새가 곧 터질 것 같았다
"그래, 나와"
그럴수록 새는 터질 듯이 몸을 부풀리며 목구멍을 가

득 메웠다

　구역질을 하면서 새를 토해 내려고 애써도
　커질 대로 커진 새는 목구멍에 걸려 나오지 않았다

　"딸꾹, 딸꾹"
　인위적으로 새의 소리를 흉내 내보았다

　목구멍이 미어지도록 가득 찬 새가 오랫동안 반응이
없는 후에야
　나는 그것이 사라졌음을 깨달았다

　목구멍을 깜빡이면 사라진 새가 여전히 날아다녔다

대낮의 방

선풍기 바람이 점점 예열된다 창문이 잠시 열리다 닫히는 운동을 느릿느릿 이어 나간다 이러한 대낮에 형광등의 빛을 받고 있으면 시간이 공갈빵처럼 구워진다

이곳에서 정말 열심히 살아왔다 가득 채울수록 텅 비워지는 체질 때문에 방은 부풀어 올라도 가벼워서 자주 어지러움이 찾아든다 피리 소리처럼 엷고 미세하게 방은 움직이고 있는 것이다

방은 정착한 적이 없는 음악이다 방을 듣고 있으면 물 위에 떠 있는 판자의 흔들림처럼 격양되다가도 서서히 멎어 가지만 결코 한곳에 머물지 않는 구름의 속도를 지녔다

어느덧 저 멀리 서서히 몰려오는 방들과 나의 방이 합류하고 있었다

방은 소모되기 위해 눅눅해지다 무거워질 것이다

방이 뚝 뚝 떨어지는 우기가 지나면

바짝 마른 흔적처럼 방을 발견하는 대낮의 형광등
전부 흘러가 버린 적적한 창문을 나는 곧잘 발견하
였다

개막

살갗은 빛의 전방위라 누군가의 살과 부딪치면 부싯돌처럼 빛이 튀기도 하고 타인의 빛 속에서 꼼짝없이 내가 까마득해지기도 한다

오래 감추는 살이 있었다 쓸쓸하다는 건 살갗의 빛이 흔들리는 리듬이다 나는 나를 간지럽히는 살과 놀며 나의 살 속에서 이리저리 부딪히다 어둠으로 남기도 한다

빛이 저문 살을 손으로 뒤척이면 무엇이 만져질 것 같다가도 내 손조차 잃어버리곤 하였다 이러한 살의 기후에는 가끔 빗방울이 약하게 흩날리기도 해서 식은땀이 맺히기도 한다

불현듯 새가 살을 횡단한 흔적처럼 모근의 털이 곤두서기도 하였다 아득해지는 살이 서서히 걷히자 비로소 잃어버린 손이 드러날 것 같아 두려웠다

나는 나에게 숱한 비밀이었다

작은 끈끈이 공

"당신 등 뒤에 공이 붙어 있다니까요"
나는 다시 손을 뻗어 등을 더듬거린다

"아무것도 없는데 저를 놀리십니까?"
그는 내 등 뒤에 붙어 있는 작은 끈끈이 공을 떼어서
건네준다

무게감 없는 공이 내가 닿을 수 없는 곳에 붙어 있었
다는 사실은
나의 여분을 증명했다

곁은 나와 여분의 관계다

전봇대에 기대어 앉아 있는 곰 인형은 전봇대가 닿을
수 없는 곳에서 자신의 무게로 자리를 지키고 있다 엄
마는 가끔씩 그러한 무게의 무표정을 하고 우주에서 울
었다 그녀는 단지 곁을 지키고 싶었던 것이다

곁을 추적하는 춤사위를 타인에게 들키고 수치스러운 적이 있다
내 등 뒤에 붙어 있는 작은 끈끈이 공처럼
내가 익힐 수 없는 무게는 불쑥 내가 알몸일 때 드러난다

내가 참여할 수 없는 거울이 나를 자꾸 낯선 사람으로 비춘다
나는 단지 환영으로 곁에 있었다

신의 반지하

1판 1쇄	2023년 6월 30일
지은이	박유하
펴낸곳	끝과시작
펴낸이	박은정
편집	박은정
디자인	양희재
출판등록	제2022-000083호
전자우편	typistpress22@gmail.com

ISBN   979-11-981886-2-5

"이 도서는 한국문화예술위원회 2023년도
청년예술가생애첫지원 사업을 지원받아 제작되었습니다."

끝 과 시 작